GUÍA DE LECTURA

Escrita por Sarah Herbeth
Traducida por Paula Barnola

Horacio

de Pierre Corneille

PIERRE CORNEILLE

DRAMATURGO FRANCÉS

- **Nacido en 1606 en Ruan (Francia)**
- **Fallecido en 1684 en París (Francia)**
- **Algunas de sus obras:**
    - *La ilusión cómica* (1636), comedia
    - *El Cid* (1637), tragicomedia
    - *Cinna* (1642), tragedia

Pierre Corneille, nacido en 1606 y fallecido en 1684 es, junto con Molière y Racine, uno de los tres grandes autores de teatro del siglo XVII en Francia. Su obra es abundante y variada, ya que Corneille destaca tanto en comedia como en tragedia. Corneille, autor barroco (*La ilusión cómica*, 1636), también aporta al Clasicismo francés algunas de sus más grandes obras (*Horacio*, 1640; *Cinna*, 1642; *Polieucto*, 1643). Sin embargo, su obra más conocida sigue siendo *El Cid* (1637), una obra de teatro que, en su tiempo, suscita controversia (la famosa querella del *Cid*), debido a las libertades que se toma el autor respecto de las estrictas reglas de la tragedia clásica.

HORACIO

UN COMBATE ENTRE DOS FAMILIAS ANTIGUAS

- **Género:** tragedia
- **Edición de referencia:** Corneille, Pierre. 1855. *Horacio.* Traducido por Literal Española. Nueva York: Imprenta de Baker & Godwin
- **Primera edición:** 1640
- **Temáticas:** amor, familia, guerra, asesinato, juicio, traición

Horacio, obra presentada por primera vez en 1640, es la segunda tragedia de Corneille.

La acción se desarrolla durante la Antigüedad romana. Los Horacios y los Curiacios, dos familias originarias de dos ciudades vecinas, Roma y Alba, están íntimamente ligadas: uno de los Horacios está casado con Sabina, una Curiacio, mientras que uno de los tres hijos de la familia de los Curiacios, está prometido con Camila, una Horacio. Pero las dos familias entran en guerra y se decide que el desenlace del conflicto dependerá de un combate organizado entre tres Horacios y tres Curiacios. Los combatientes, así como Sabina y Camila, tienen reacciones muy diferentes ante esta decisión.

RESUMEN

La acción se desarrolla en Roma, bajo el reinado de Tulio, en una sala de la casa de Horacio.

ACTO I

Escena 1

Roma se encuentra en guerra contra Alba desde hace dos años, y ahora está a punto de tener lugar una batalla decisiva. Sabina le confía su tormento a Julia (dama romana, confidente de Sabina y de Camila). Se encuentra dividida entre su amor por Alba, su patria natal, y los intereses de Roma, su ciudad de adopción desde su matrimonio con el romano Horacio.

Escena 2

Por su parte, Camila, hermana de los Horacios y prometida de Curiacio, el hermano de Sabina, confiesa su sufrimiento y su confusión. La batalla que se anuncia desmiente el oráculo que, la víspera, le aseguraba que un día se uniría a Curiacio.

Escena 3

Irrupción repentina y sorprendente de Curiacio. En vista de que los ejércitos se niegan a batirse en un combate fratricida, se fija una tregua para que cada bando disponga del tiempo necesario para designar a tres campeones y se deje el combate de nuevo en sus manos. Su victoria o su derrota sellará la suerte de la ciudad por la que lucharán.

Escena 1

Curiacio felicita, no sin ansiedad, a Horacio, que acaba de ser elegido junto con sus dos hermanos para defender a Roma.

Escena 2

Uno de los mensajeros anuncia inmediatamente que los albanos han elegido, por su parte, a los Curiacios.

Escena 3

Una vez solos, los dos hombres afrontan sus sentimientos. Curiacio maldice a los dioses y se desespera de tener que luchar contra su cuñado. Horacio se siente orgulloso: piensa que de este triple duelo fuera de lo común no puede sino nacer una gloria igualmente extraordinaria.

Escena 4

Horacio previene a Camila: si durante el combate tiene que matar a su prometido o este tiene que matarle él, ella no deberá reprocharles nada, sino estar orgullosa.

Escena 5

Camila intenta en vano disuadir a Curiacio de acudir al combate.

Escena 6

Sabina, a fin de atenuar el horror del combate que se está preparando, desea que su hermano o su esposo le maten.

De esta manera, el vínculo familiar se rompería y las dos familias tendrían auténticas razones para luchar. Horacio y Curiacio no permanecen insensibles a sus propósitos.

Escena 7

El viejo Horacio les pide a Horacio y a Curiacio que no se dejen enternecer por llantos de mujer.

Escena 8

El viejo Horacio, con «lágrimas en los ojos» (Corneille 1855, 16), ordena a los futuros combatientes que no incumplan su misión.

ACTO III

Escena 1

Sabina lamenta su incapacidad para demostrar tanto heroísmo como su marido.

Escena 2

Julia anuncia que los dos ejércitos, afectados por los vínculos de parentesco entre los combatientes, han pedido que se elija a otros campeones. Serán los dioses quienes se encarguen de esta decisión.

Escena 3

Sabina vuelve a tener esperanzas. Camila se niega a ello pues sabe que las decisiones de los dioses no se rigen por sus sentimientos.

Escena 4

Camila considera que su situación es peor que la de Sabina y piensa que tiene que «temer todo sin poder desear» (Corneille 1855, 20), mientras que el único temor de Sabina es la muerte de Horacio.

Escena 5

El viejo Horacio anuncia que los dioses ordenan que se produzca el combate. Los Horacios y los Curiacios ya están luchando. El viejo Horacio cree en el glorioso destino de Roma.

Escena 6

Julia llega para anunciar las primeras noticias: dos hermanos Horacios han fallecido y el marido de Sabina ha sobrevivido pero una vez solo ante los tres Curiacios se ha dado a la fuga. La derrota de Roma parece inevitable. El viejo Horacio está furioso, indignado por la cobardía de su hijo. Promete matarlo con sus propias manos.

ACTO IV

Escena 1

Camila trata de calmar la cólera de su padre.

Escena 2

Valerio (caballero romano enamorado de Camila) viene para alabar la bravura de Horacio. De hecho, estando todos los Curiacios heridos, su fuga no era sino una estratagema para separarlos. De esta forma, ha podido enfrentarse a ellos separadamente y llegar hasta el final. Así pues, Roma acaba de triunfar; el viejo Horacio está lleno de júbilo.

Escena 3

El viejo Horacio sermonea a Camila: le reprocha sus lágrimas y le hace darse cuenta de que Sabina tiene muchas más razones que ella para lamentarse.

Escena 4

Monólogo de Camila. Está afligida y se niega a celebrar la victoria.

Escena 5

Horacio vuelve fortalecido de sus triunfos. Invita a su hermana a que se alegre también. Herida, esta lamenta la pérdida de su amante y, en un arrebato de rabia, maldice a Roma y desea su destrucción. Horacio, ofendido, la castiga y la atraviesa con su espada. Camila entiende así el oráculo, que predecía que permanecería unida a Curiacio, pero en la muerte.

Escena 6

Horacio se justifica: la ejecución de Camila es legítima, pues ha traicionado a su patria.

Escena 7

Sabina se entera de la muerte de Camila y le suplica a su marido que le mate a ella también para que cese su pena.

ACTO V

Este acto no aparece en la edición de referencia consultada para la redacción de esta guía de lectura. No obstante, dado que forma parte de la obra originalmente escrita en francés, ofrecemos un resumen de cada escena.

Escena 1

El viejo Horacio le reprocha a su hijo el haberse deshonrado. Horacio le responde que puede decidir matarle.

Escena 2

El rey Tulio llega a la morada familiar. Valerio le pide que castigue el crimen de Horacio. Pero, ¿es posible castigar al héroe que acaba de salvar la ciudad? El juicio de Horacio da comienzo. Este acepta morir, pues de vivir más tiempo, su gloria no haría más que oscurecerse De hecho, acaba de oscurecerla, lo que demuestra que ya ha vivido demasiado.

Escena 3

Sabina desea morir en lugar de Horacio. De esta forma, pondría fin a sus sufrimientos y desviaría de su marido la cólera de los dioses. El viejo Horacio se lanza en un largo alegato: le pide a Sabina que demuestre su coraje, a imagen de sus hermanos, que se han sacrificado. Le recuerda al rey que el gesto de su hijo tiene origen «solo en el amor de Roma»[1] y le explica a Valerio que la muerte de un héroe provocaría una gran conmoción. Le suplica al rey que perdone al único hijo

---

1. Cita traducida por ResumenExpress.com

que le queda y le pide a Horacio que, de ahora en adelante, viva solo para servir al Estado. El rey pronuncia su veredicto: resaltando el carácter odioso del gesto de Horacio, le deja vivir por todos los servicios excepcionales que le ha prestado a Roma. Horacio vivirá, los sacerdotes tratarán de calmar a los dioses, y Camila y Curiacio se reunirán en la misma tumba.

ESTUDIO DE LOS PERSONAJES

HORACIO

Horacio es el personaje epónimo de la obra. Es el hijo de un caballero romano, el viejo Horacio. Él y sus hermanos son elegidos para enfrentarse a los hermanos Curiacios y hacer triunfar a Roma. El combate se anuncia difícil, ya que él está casado con Sabina, hermana de los Curiacios.

Una larga tradición ha descrito a Horacio como un ser brutal, estrecho de miras y fanático. «He aquí el carácter inhumano»[2], observa Pascal (físico y filósofo francés, 1623-1662) en sus *Pensamientos*. Y es, de hecho, el personaje corneliano el que más se presta a la caricatura. Sin embargo, sería demasiado simple ver el personaje de Horacio exclusivamente como el de una bestia. Sus reacciones y sus acciones deben interpretarse bajo el prisma del ideal, el sacrificio y el heroísmo.

El dilema al que se enfrenta le presenta una elección dramáticamente simple: escaparse o luchar. Ni por un instante se plantea faltar a su deber. Para él, luchar por Roma es un deber «santo y sagrado» (Corneille 1855, 12). Son el rey y los dioses los que deciden: al deber militar se une el deber religioso. El hecho de haber sido designado hace que su destino personal se mezcle con el porvenir de Roma. Ya no es Horacio, es Roma.

---

2. Cita traducida por ResumenExpress.com

A partir del momento en el que Horacio es elegido para vencer, debe prepararse mentalmente, a riesgo de poner a prueba su dureza: «La sólida virtud de que me envanezco/ No admite debilidad junto a su firmeza» (Corneille 1855, 12). Horacio aparece desde este momento como un héroe que se sacrifica por una causa que le es superior, y aspira a un ideal y a la gloria, es un ser magnánimo.

CAMILA

Camila es la hermana de Horacio y la prometida de Curiacio, pero, ante todo, es una mujer pasional. Para ella, la pasión y los derechos del individuo son superiores al Estado. En su opinión, la noción de gloria fundada en el coraje no existe: «Y tú ojalá manches con una cobardía/Esta gloria tan querida a tu brutalidad» (Corneille 1855, 27).

En el acto II, Camila trata de convencer a Curiacio para que renuncie al combate. Se niega a admitir que los hombres dependen de una comunidad geográfica o histórica; es una realidad que ella siempre ha ocultado hasta que la muerte de Curiacio le da una cruel desilusión. Lo que ella negaba se le impone trágicamente.

Camila elige el amor. Hace una elección contraria a la de su hermano, condenando de esta forma a Roma y a la idea misma de patria. Su muerte, tan horrorosa como es, no es sino la consecuencia lógica de su actitud y de sus elecciones.

CURIACIO

Es un gentilhombre de Alba que está prometido a la romana

Camila. Es elegido, junto con sus dos hermanos, para enfrentarse a los Horacios. Al igual que su adversario, no quiere renunciar al combate y elige el honor y el deber patrio: «ni nuestra amistad, ni la alianza, ni el amor/ Podrán jamás impedir que los tres Curiacios/ Sirvan a su patria contra los tres Horacios» (Corneille 1855, 10).

Sin embargo, la conducta de Curiacio viene marcada por una cierta resignación: no se rebela como Camila ni se eleva al rango de los héroes como Horacio. Se deja vencer antes mismo del combate: «Tengo piedad de mi [sic] mismo y miro con envidia/ Aquellos cuya vida consumió la guerra» (Corneille 1855, 11). El horror del combate le paraliza de antemano. Su sentido de los valores humanísticos en los que cree le debilita y le desarma.

SABINA

Corneille escribe en su *Examen* (1660): «No aporta a la acción más que la infanta a la del Cid/ y no hace más que dejarse influir de diferentes maneras, al igual que ella, por la/ diversidad de los acontecimientos»[3].

Sabina está dividida entre su ciudad natal, Alba, y Roma, con la que se ha casado al unirse en matrimonio con Horacio. Frente a este conflicto, elige el bando de los vencidos, independientemente del que sea: quiere morir antes del combate a fin de dar a los combatientes mejores razones para enfrentarse, y después quiere morir cuando Horacio mata a Camila. Pero todas sus tentativas están condenadas

---

3. Cita traducida por ResumenExpress.com

al fracaso. Igualmente, Sabina no puede influir de manera eficaz sobre la acción.

Sabina es un personaje patético: forma parte de aquellos a los que la guerra abruma y que prefieren morir antes que tener que convivir con la crueldad de los hombres.

EL VIEJO HORACIO

Es un caballero romano, padre de los tres Horacios. Su papel se extiende de manera progresiva a lo largo de los tres últimos actos. Es un hombre que tiene una fe inquebrantable en el destino glorioso de Roma. Preferiría que sus hijos se enfrentaran a otros adversarios distintos de los Curiacios: «Pudiéramos ver pronto triunfantes a los Horacios/ Sin ver sus manos manchadas con sangre de Curiacios» (Corneille 1855, 21), pero, en su orgullo patrio, no puede concebir que Roma elija otros combatientes que no sean sus hijos.

También es un padre de familia que sufre sobre «la poca sangre que queda en [su] casa»[4], un padre patético bajo su caparazón de viejo romano. Pero su sentido del honor y su devoción hacia Roma le prohíben quejarse demasiado. Prefiere la muerte al deshonor; he aquí la razón por la que no llora por su hija Camila y la razón por la que hubiera preferido matar a Horacio con sus propias manos cuando pensaba que era un cobarde.

---

4. Cita traducida por ResumenExpress.com

CLAVES DE LECTURA

LAS REGLAS DEL TEATRO ROMANO

Las reglas de la dramaturgia clásica se establecen lentamente a partir de la década de 1630 para imponerse definitivamente hacia 1640, fecha de creación de *Horacio*. Es principalmente Nicolas Boileau (escritor francés, 1636-1711), quien instaura la estética del teatro clásico en su *Arte poética* (1674): «Que en un lugar y un día un solo hecho/ Dexe lleno el teatro y satisfecho» (Boileau 1876, 44-45).

En *Horacio* las reglas de la tragedia se respetan más o menos (al contrario que en *El Cid*, presentada en 1637, que suscitó una viva polémica):

- la unidad de tiempo. La duración máxima de la acción no debía superar las 24 horas. Aquí, el tiempo de la acción se revela irreprochable, puesto que los sucesos pueden desarrollarse en un día o incluso en menos tiempo (una decena horas basta): el anuncio de la tregua, la elección de los Horacios y los Curiacios, la entrada de los enemigos, el murmullo de los ejércitos y la consulta a los dioses, el desarrollo del combate, el regreso de los vencedores y el asesinato de Camila y, finalmente, el juicio de Horacio;
- la unidad del lugar. Respecto al marco de la obra, necesariamente limitado al espacio impuesto por el escenario, no resultaba creíble que la acción se desarrollara en tantos lugares diferentes. En esta obra, la acción se desarrolla en «una sala de la casa de Horacio», lugar natural en tanto que la tragedia trata sobre esta familia.

La presencia de Curiacio se justifica por su amor a Camila. En lo que respecta a la del rey Tulio, Corneille inventa, de manera verosímil, que el soberano se desplaza a casa del viejo Horacio para honrar a aquel que acaba de prestar tan gran servicio a Roma;

- la unidad de la acción. Había que evitar la multiplicación de escenas secundarias, que debían permanecer unidas de una manera o de otra a la trama principal. En esta obra, la unidad de acción suscita muchas cuestiones, lo cual es reconocido por el propio Corneille en el Examen de 1660: «Esta acción [la muerte de Camila], que es la acción principal de la obra, es pasajera, y no tiene esta grandeza que pide Aristóteles, y que constituye una introducción, un nudo y un desenlace»[5]. Esta cuestión se ha debatido ampliamente. Podemos considerar, al igual que el dramaturgo, que la muerte de Camila no constituye la acción principal o que, por el contrario, está en línea con la victoria de Horacio;

- la verosimilitud y el decoro. Corneille sufrió dos reproches tras la representación de Horacio: la muerte de Camila, que impactó al público, y la naturaleza del último acto, consagrado a los alegatos, es decir, a discursos y no a acciones, como era habitual. Primeramente, de conformidad con el respeto de la regla del decoro y la moral, el actor no debía impactar al espectador. Corneille, si hubiera cumplido con esta regla, tendría que haber dejado morir a Camila detrás de una cortina y no en escena, o hacerla caer sobre la espada de su hermano a fin de reemplazar el asesinato por un suicidio. Por otro lado, se exigía

---

5. Cita traducida por ResumenExpress.com

que el desenlace fuera tan rápido como fuera posible. Sin embargo, en Horacio, el acto V está dedicado al juicio del héroe, que interviene justamente tras una larga serie de acontecimientos e imprevistos.

LA INEVITABILIDAD DE LA GUERRA

Corneille toma prestadas las fuentes principales utilizadas en la obra de Tito Livio (historiador romano, 59 a. C.–17 d. C.) y de su *Historia romana* (libro I, capítulos 23 y 26).

Corneille no se extiende sobre el origen del conflicto que enfrenta a Alba y a Roma: hace referencia a «pequeñas querellas» y a «la ambición de mandar a los otros» (Corneille 1855, 8), pero las explicaciones son vagas. En la obra de Corneille, la responsabilidad de la guerra está más relacionada con los dioses que con las rivalidades y el orgullo humanos. La victoria de Roma ha sido predicha por la divinidad; el viejo Horacio lo recuerda en el acto III: «Los dioses prometieron esta gloria a Eneas» (Corneille 1855, 21). Así pues, la guerra es inevitable, se inscribe en el misterioso designio de la providencia y los hombres no pueden escapar de la misma: «Haced vuestro deber y dejad obrar a los Dioses» (Corneille 1855, 16), añade una vez más el viejo Horacio. Debido a que los hombres están sometidos al orden divino, no hay rebelión posible. Es esencial, a fin de comprender la obra, tener siempre en mente la idea del carácter inevitable del destino.

El horror del conflicto radica en su aspecto fratricida. Los vínculos entre las dos ciudades son muy estrechos: ambas tienen a los troyanos de ancestros comunes, y Rea Silvia, hija del rey de alba Numitor, era también la madre de Rómulo, el legendario fundador de Roma. El matrimonio de Horacio y Sabina y el futuro matrimonio de Curiacio y Camila ilustran este vínculo entre las dos ciudades: «Somos una sangre, un pueblo en dos ciudades», declara Curiacio (Corneille 1855, 8). Si solo dependiera de los hombres, este enfrentamiento fratricida posiblemente no tendría lugar, pero los dioses han decidido lo contrario y su voluntad hace poco caso a los sentimientos humanos. Camila lo reconoce en el acto III: «El cielo obra en estos sucesos sin contar con nosotros/ Y no los dirige por nuestros sentimientos» (Corneille 1855, 19).

En una concepción providencial de la historia, este combate marcará el segundo nacimiento de Roma: es decir, su nacimiento en la historia. Alba, por ser madre, debe ser derrotada: «Alba es tu origen, detente y considera/ Que llevas la muerte al seno de tu madre» (Corneille 1855, 4), exclama Sabina increpando a Roma.

Solo tras la rendición de Alba, Roma podrá imponer su dominio sobre el universo progresivamente. Su destino, de su gloria a su caída y de su grandeza a su decadencia, es predicho por Camila: «Únanse contra ella el Oriente y el Occidente,/ Que cien pueblos unidos desde los ámbitos del mundo/ Pasen montes y mares para destruirla [...]/ Ojalá que la ira del cielo encendida por mis votos/ Haga llover sobre ella un diluvio de fuego!» (Corneille 1855, 28).

LA MUERTE DE CAMILA

A diferencia del relato de Tito Livio, Horacio no mata a su hermana en un momento de cólera o de furia salvaje. El texto es muy claro sobre este punto: «[¡]Esto es demasiado! [¡]La razón hace lugar a la pasión!» (Corneille 1855, 28), exclama Horacio en el momento en el que saca su espada. También el viejo Horacio, aunque lamenta este gesto, no lo condena sobre el fondo, pues él también considera que su hija es una «criminal»[6]. El rey Tulio en persona acaba admitiendo: «Tu virtud pone a tu gloria por encima de tu crimen»[7].

¿Por qué suscita el gesto de Horacio semejante indulgencia y cuáles son las razones del castigo de Camila? Camila no muere por amar demasiado a Curiacio, ni por querer permanecer fiel a él, sino por apartarse por desesperación y por odio del lado de los enemigos de Roma, así como por haberse atrevido a pedirle al Cielo la maldición de Roma. En el universo de la tragedia, ninguna maldición es en vano. Nos hemos percatado anteriormente de que las palabras de Camila eran vistas como profecías. Por sus palabras, se convierte en adversaria de Roma. Su evolución no es repentina, pues ya ha roto todo vínculo con los suyos: «[¡] Degeneremos, corazón mío! de tan virtuoso padre/ Seamos indigna hermana de tan glorioso hermano» (Corneille 1855, 26). En adelante, Camila es más Curiacia que los Curiacios, por lo que no podrá conocer más que la suerte de los Curiacios.

El gesto asesino de Horacio tiene origen en el mismo impulso patriótico que el que le animaba durante el combate contra los Curiacios: «Solo el amor de Roma ha animado a su mano»[8]. Conviene, por lo tanto, interpretar el asesinato

---

6. Cita traducida por ResumenExpress.com
7. Cita traducida por ResumenExpress.com
8. Cita traducida por ResumenExpress.com

de Camila como un sacrificio. Es la evolución lógica de la victoria, el acto de patriotismo de un hombre que, gracias a sus hazañas, se ha convertido en la encarnación de Roma: «Haciendo a Roma triunfar, se ha convertido en su siervo»[9].

Este acto, si bien viene dictado por las razones que acabamos de estudiar, sigue siendo un crimen, merecedor de una sanción.

EL JUICIO DE HORACIO

El juicio de Horacio ofrece un doble interés: la sentencia y el veredicto. Además, también lo hace interesante el hecho de estar organizado por el propio rey.

Como hemos podido observar, la guerra contra Alba debía marcar el segundo nacimiento de Roma en la historia. Desde esta perspectiva, el juicio de Horacio puede leerse como el nacimiento del derecho, la organización del Estado de Derecho. Hasta ese momento la justicia emanaba del clan familiar, siendo el *pater familias* quien ostentaba el derecho de vida o de muerte de los suyos. Cuando el viejo Horacio piensa que su hijo es un cobarde, declara: «Contra un hijo indigno usando los derechos de padre/ Sabré bien hacer ver con su castigo/ Que desapruebo altamente tal acción» (Corneille 1855, 22).

Sin embargo, de ahora en adelante, el clan familiar se verá desprovisto de sus leyes ancestrales. La ley sustituye a la fuerza. El rey Tulio hace prevalecer la superioridad de lo

---

9. Cita traducida por ResumenExpress.com

jurídico y lo político sobre el *pater familias*.

El papel de Valerio es igualmente importante: no quiere que Horacio sea juzgado para vengar a Camila, sino por ser una cuestión de Estado. Reconoce las hazañas de Horacio, pero no puede admitir que este se tome la justicia por su mano. La negación del poder legítimo favorece la barbarie, la tiranía.

El rey acaba pronunciando un veredicto fundado sobre la razón de Estado y la razón política. Horacio es un servidor demasiado útil para el Estado como para ser eliminado: «Servidores tales son las fuerzas de los reyes/ y por lo tanto también están por encima de las leyes»[10].

---

10. Cita traducida por ResumenExpress.com

PISTAS PARA LA REFLEXIÓN

ALGUNAS PREGUNTAS PARA PROFUNDIZAR EN SU REFLEXIÓN...

- ¿Qué hace que Horacio sea un personaje heroico?
- ¿Cómo interpreta usted la reintegración del héroe en la ciudad?
- ¿Qué uso hace Corneille del monólogo?
- «No temería afirmar que el tema de una bella tragedia no debe ser verosímil». Comente esta cita de Corneille apoyándose en *Horacio* y en otras obras de Corneille que conozca.
- La tragedia tiene un vocabulario propio. A partir de esta obra, cree un léxico alrededor de diferentes temas: el amor, la fatalidad, la muerte, etc.
- En su opinión, ¿por qué frecuentemente los dramaturgos eligen un periodo histórico alejado del suyo?
- «Cuando la pérdida está vengada nada hay perdido» (Corneille 1855, 27). Comente estas palabras de Horacio.
- Observe el cuadro de Jacques Louis David, *El juramento de los Horacios*. Estudie su composición. ¿Ve alguna similitud con la obra de Corneille?
- Si usted tuviera que juzgar a Horacio, ¿qué argumentos adoptaría para condenarlo o absolverlo?

PARA IR MÁS ALLÁ

EDICIÓN DE REFERENCIA

- Corneille, Pierre. 1855. *Horacio*. Traducido por Literal Española. Nueva York: Imprenta de Baker & Godwin.

ESTUDIOS DE REFERENCIA

- Corneille, Pierre. 1876. *El arte poética*. Traducido por Juan Bautista Madramany y Carbonell. Valencia: Joseph y Tomás de Orga.
- Gouton, Georges. 1984. *Corneille et la Tragédie politique*. París: PUF, colección *Que sais-je?*
- Truchet, Jacques. 1975. *La Tragédie classique en France*. París: PUF.

EN RESUMENEXPRESS.COM

- Guía de lectura de *Cinna* de Pierre Corneille.
- Guía de lectura de *El Cid* de Pierre Corneille.